YADJNADATTA-BADHA,

ou

LA MORT D'YADJNADATTA.

YADJNADATTA-BADHA,

OU

LA MORT D'YADJNADATTA,

ÉPISODE EXTRAIT ET TRADUIT DU RAMAYANA,

POÈME ÉPIQUE SANSKRIT.

PAR A. L. CHÉZY,

CHEVALIER DE LA LÉGION D'HONNEUR.

A PARIS,

DE L'IMPRIMERIE DE P. DIDOT L'AINÉ,

IMPRIMEUR DU ROI.

M. D. CCC. XIV.

AVANT-PROPOS.

Occupé depuis long - temps en
secret d'un travail étendu sur le
Râmâyana, poëme épique sanskrit de la plus haute antiquité,
mais trahi par l'indiscrétion d'un
ami, qui, il y a environ un an,
avoit parlé de cet ouvrage comme
devant bientôt paroître, je sais
que quelques savants, aussi recom-
mandables par les graces de leur
esprit que par l'étendue de leurs
connoissances, et qui veulent bien
prendre quelque intérêt à mes étu-
des, m'accusent d'une extrême len-

teur, pour ne rien dire de pis. Ce soupçon m'est trop pénible pour que je tarde plus long-temps à me justifier à leurs yeux; et c'est en grande partie dans cette intention que je présente aujourd'hui ce petit essai, et que je crois devoir entrer dans les détails suivants.

Il y a long-temps, en effet, que mon travail auroit vu le jour si je m'en étois tenu au premier plan que j'avois adopté, qui étoit de ne donner qu'un simple épisode de ce poëme, accompagné d'une légère analyse de l'ouvrage, suffisante seulement pour mettre le lecteur à portée de juger de la manière dont cet épisode s'y ratta-

che; mais insensiblement, à me-
suré que j'avançois dans la lecture
du Râmâyana, la belle langue dans
laquelle est composé ce chef-d'œuvre de Vâlmîki me devenant de
plus en plus familière, je goûtai
mieux les détails du poëme, je m'y
arrêtai avec complaisance; et bientôt je m'aperçus que ce que je
croyois ne devoir être qu'une analyse un peu sèche devenoit pres-
que une traduction. Je continuai
sur ce nouveau plan, en revenant
sur ce que j'avois déja fait, et sa-
crifiai volontiers la petite vanité
de paroître promptement au desir
de donner plus tard un travail
plus complet et plus digne de

l'attention des gens de lettres.

Cependant je réfléchis qu'en suivant cette marche mon travail ne seroit envisagé que comme une simple curiosité littéraire ; et, peu satisfait encore, je résolus, en lui donnant plus d'extension, d'en faire en même temps un objet d'utilité pour les jeunes littérateurs qui voudroient étudier la langue sanskrite, cette souche antique d'où, comme autant de branches fécondes, sont sortis les nombreux dialectes usités dans l'Inde.

C'est pour parvenir à ce but que j'ai fait graver en quatorze planches le texte de l'épisode dont je présente ici isolément la traduction. Cette gravure, exécutée par les soins de l'amitié avec toute la perfection qui distingue les *eaux-fortes* de l'aimable artiste, mademoiselle Elisabeth Quévanne, qui a bien voulu s'en charger, est complètement terminée, ainsi que la traduction littérale et l'analyse grammaticale très détaillée de ce morceau, dans laquelle j'ai ramené tous les mots à leurs racines primitives avec la plus scrupuleuse exactitude. Il ne me reste plus aujourd'hui qu'une moitié de la septième et dernière partie du poëme à analyser (poëme qui, pour le dire en passant, égale au moins quatre fois en étendue l'Iliade et l'Odyssée réunies), et, sans le motif que j'ai allégué plus haut, j'aurois attendu, pour entretenir le public de mon travail, qu'il eût été tout-à-fait achevé, et digne, autant du moins qu'il est en mon pouvoir, de lui être offert.

Je dois ajouter cependant qu'un second motif vient se mêler à celui-là pour m'engager à faire paroître d'abord cet épisode de *la mort d'Yadjnadatta;* c'est qu'il est compris dans la seconde partie du Râmâyana, et que, par un catalogue de librairie indiquant les ouvrages sortis des presses angloises, soit à Calcutta, soit à Seram- pore, je viens d'acquérir la certitude que les trois premières parties de ce poëme (texte et traduction) ont été imprimées dans cette dernière ville. Les libraires de Londres n'en ont encore reçu que la première partie ; mais, comme d'un moment à l'autre les deux suivantes peuvent leur parvenir également par quelque bâtiment de la Compagnie, je ne voudrois pas que l'on pût me soupçonner d'avoir eu connoissance de la traduction angloise avant la publication de cet essai.

INTRODUCTION.

—

Dans les temps anciens, un roi des Indes nommé Dasaratha possédoit un vaste empire, dont la ville d'Ayodhyâ (aujourd'hui Aoùde) étoit la capitale. Ce vertueux monarque avoit trois femmes, Kéikéyî, Soumitrâ, et Kaousalyâ. De la première il lui naquit un fils, nommé Bharata; la seconde mit au monde deux jumeaux, Lakchmana et Satroughna; et la dernière, qu'il affectionnoit davantage, le rendit père de Râma, prince à jamais célèbre, dont la naissance fut tout-à-fait miraculeuse, et qui, selon la croyance des Indiens, n'est rien moins que Vichnou lui-même incarné.

Cette divinité, la seconde personne de la trinité indienne, à la requête de Brahmâ et des autres dieux réunis, qui la conjurèrent de descendre sur la terre pour punir le tyran de Lankâ (le farouche Râvana) de son impiété, et délivrer les brâhmanes des vexations sans nombre qu'il leur faisoit endurer, consentit à revêtir une forme humaine, et choisit pour ce dessein l'illustre famille du vertueux Dasaratha, où il voulut naître comme fils de ce prince.

Tel est, pour le dire en passant, le véritable sujet du Râmâyana; car l'enlèvement de Sîtâ par Râvana ne doit être considéré que comme un motif secondaire; et si les dieux permettent ce rapt, on voit que ce n'est que pour exciter davantage l'animosité de Râma contre le ravisseur de son épouse, et le porter ainsi à accélérer la mort de l'impie. Cependant cet événement donne lieu à une foule de scènes tellement attachantes, que c'est sur lui que repose tout l'intérêt du poëme. Mais ce n'est pas ici le lieu de développer cette idée, et, pour en revenir au sujet qui nous occupe,

L'heureux Dasaratha voit se développer avec rapidité dans ses enfants une intelligence plus qu'humaine; et, confiés aux soins de son grand-prêtre, le vénérable Vasichtha, ils font dans la connoissance des Védas, dans l'étude de la morale, et dans tous les exercices du corps, les progrès les plus étonnants. Ils étoient parvenus à l'âge de puberté, lorsqu'un jour Viswâmitra, célèbre brâhmane dont les excessives austérités inspiroient de l'effroi aux Dévas eux-mêmes, se présente à la cour du monarque, et lui demánde de lui confier Râma pour l'aider à le délivrer de deux mauvais génies, qui, depuis long-temps, ne cessoient de l'obséder et d'interrompre ses sacrifices. Dasaratha, attéré par cette demande, cherche à l'éluder; mais, craignant le ressentiment du saint personnage, il cède enfin, et remet son fils chéri entre ses mains.

Cependant Viswâmitra achève de perfectionner l'éducation du jeune prince, devenu son élève. Il lui fait présent d'armes enchantées, et lui apprend l'art de s'en servir. Après un voyage assez long, durant lequel il décrit à Râma les lieux célèbres par où ils passent, et lui apprend l'origine de la plupart des hermitages où l'on s'empresse de leur donner l'hospitalité, ils arrivent enfin à l'emplacement où le sacrifice du vertueux ana-chorète, tant de fois commencé, avoit toujours été interrompu par les infernales machinations des deux Asouras Souvâhou et Mârit-cha. Râma les attaque, et bientôt ils tombent, percés de ses flèches divines.

Viswâmitra comble d'éloges et de remerciements son illustre élè-ve, termine son sacrifice, après quoi il se rend avec lui à la cour de Djanaka, souverain ami et allié de Dasaratha. Or, ce monarque avoit une fille charmante nommée Sîtâ (1), qui étoit recherchée avec empressement par un grand nombre de princes étrangers; et, à l'époque de l'arrivée des deux voyageurs, ces illustres rivaux se trouvoient rassemblés dans son palais.

Râma, ébloui par les charmes de la princesse, se place au nombre des compétiteurs. Cependant le roi Djanaka déclare que la main de sa fille doit être le prix de la force et de l'adresse, et qu'elle n'appartiendra qu'à celui d'entre ces princes dont le bras nerveux pourra tendre un arc immense, don inappréciable qu'il tenoit des dieux. Aussitôt l'arc divin, posé dans son superbe étui, d'où s'exhalent les parfums les plus ravissants, est roulé avec beaucoup de peine par plusieurs esclaves au milieu de l'assemblée. Les princes, l'un après l'autre, s'avancent pour faire l'essai de leurs forces; mais, loin de pouvoir le tendre, ils ne peuvent même réussir à l'ébranler. Quant à Râma, s'en approchant le dernier, il le soulève d'une main comme en se jouant, le tend, et tire à lui le nerf avec tant de vigueur que l'arc énorme se brise par le milieu, en rendant un son terrible, dont l'air est ébranlé au loin (2).

Le jeune héros, proclamé vainqueur, est solennellement uni à la belle Sîtâ, et il ne tarde pas à revenir avec son épouse au palais de son père. Peu de temps après le retour de son fils, Dasaratha, se sentant trop âgé pour soutenir plus long-temps le fardeau de l'empire, veut conférer à Râma le titre de *youva-râdja* (prince-royal). On ordonne les apprêts de la consécration; des étendards flottent sur toutes les hauteurs de la ville en signe de réjouissance, les rues sont arrosées avec soin, des festons de fleurs ornent le devant de toutes les maisons, et répandent le plus doux parfum dans les airs: le peuple se presse en foule; les enfants, parés de leurs habits de fête, se livrent à mille jeux;

2

tout respire la joie et le bonheur.

Le cortége s'avance vers le temple : à sa tête brillent Râma et sa jeune compagne, qu'à l'élégance de sa démarche on eût prise pour la déesse Lakchmî (3) elle-même. Mais hélas ! ces ornements précieux qui la couvrent vont bientôt être changés en longs voiles de deuil ; une morne tristesse va remplacer ce sourire divin qui anime tous ses traits.

Une des femmes de la reine Kéikéyî, qui nourrissoit contre Râma une haine secrète, trouve le moment favorable pour l'assouvir. Elle se rend en hâte auprès de sa maîtresse, lui fait envisager les honneurs dont le roi va combler Râma comme une usurpation sur les droits de son fils Bharata, lui rappelle que, dans une occasion précédente où elle avoit sauvé la vie à son époux, celui-ci, pour lui en témoigner sa reconnoissance, s'étoit engagé par serment à lui accorder deux graces, quelles qu'elles fussent, qu'elle pourroit lui demander, et l'engage à exiger du roi, à l'instant même, l'accomplissement de sa promesse. Demandez, ajoute la perfide, l'exil de Râma pendant quatorze années, et le titre de youva-râdja pour votre fils Bharata.

Cédant aux insinuations de cette

femme, Kéikéyî, sans perdre de temps, se conduit d'après les instructions qu'elle vient de recevoir. Dasaratha, attéré par cette cruelle demande, se livre au désespoir, conjure la reine d'abandonner cette résolution : mais elle demeure inflexible ; et ce vertueux monarque, lié par des serments qu'il ne peut rompre, se voit forcé d'ordonner l'exil de Râma.

Ce jeune prince, soumis aux ordres de son père, quitte aussitôt les ornements de la grandeur, revêt sans murmurer les humbles vêtements d'un anachorète ; et, accompagné de Sîtâ et de Lakchmana, qui ne veulent point l'abandonner, il dirige ses pas vers la forêt Dandaka, pour y accomplir le temps assigné à son exil.

Mais que devint l'infortuné Dasaratha après le départ de son fils? Le plus ancien des bardes de l'Inde, l'éloquent Vâlmîki, va nous l'apprendre. Prêtons une oreille attentive à ses chants remplis de douceur. Puissent-ils, en passant dans une langue étrangère, avoir conservé quelque chose de leur touchante mélodie!

YADJNADATTA-BADHA,

ou

LA MORT D'YADJNADATTA.

L'ILLUSTRE descendant de Manou, Râma, s'étant retiré dans les déserts avec son jeune frère Lakchmana, le grand roi Dasaratha resta en proie à la plus vive douleur. Sans cesse poursuivi par l'idée de l'exil de son fils bien aimé, son front majestueux dépouilla sa splendeur. Tel le soleil en butte aux attaques puissantes de l'implacable Râhou (4). Pendant six jours entiers il dévora sa douleur; mais, incapable de la renfermer plus long-temps dans son sein, au milieu de la nuit il adressa ainsi la parole à la reine Kaousalyâ, qui reposoit à ses côtés :

« Grande reine, il n'est que trop vrai, quel-
« ques actions que l'homme ait commises,
« soit justes, soit criminelles, des récompen-
« ses, ou des punitions, seront irrévocable-

« mentson partage au temps fixé par le destin.

« Tel l'insensé qui a déraciné un superbe
« *âmra* (5), pour le remplacer par le *palâsa* (6)
« stérile, se réjouit en son cœur au temps de
« la floraison : déja il se promet d'avance une
« récolte abondante; mais la saison des fruits
« arrive, et c'est alors qu'il reconnoît son
« erreur. Hélas! c'est ainsi que j'en ai agi lors-
« que, aveuglé par un destin funeste, j'ai
« condamné à l'exil Râma, mon fils bien aimé.

« Sache, ô fille de Kosala (7), que, dans la
» fleur de ma jeunesse, trompé un soir par
» un bruit lointain, je me rendis coupable
« d'un grand crime. De même que, sans le
« savoir, un homme porte à ses lèvres une
« coupe empoisonnée, de même, je commis
« involontairement une action criminelle,
« et je sens que le moment est arrivé où je
« dois l'expier par ma mort.

« Long-temps épuisée par les feux ardents
« du soleil, la terre paroissoit prête à s'em-
« braser, lorsque cet astre magnifique, arrivé
« au terme de sa course septentrionale, com-
« mença à rétrograder vers le midi en répan-

« dant des feux plus doux. Bientôt de som-
« bres nuages couvrirent la vaste étendue
« des cieux, et le paon joyeux célébra par
« ses chants le retour desiré de la saison des
« pluies. Grossis par les eaux que les nuages
« versoient par torrents, les fleuves débor-
« dés couvrirent les campagnes d'une onde
« vivifiante, et la nature, ranimée, brilla de
« nouveau de toutes les graces de la jeunesse.

« Ce fut à cette délicieuse époque de l'an-
« née que, ressentant moi-même tout le
« charme de l'existence, armé d'un arc re-
« doutable, et d'un carquois rempli de flèches
« acérées, je me rendis un soir sur les bords
« enchanteurs du Sarayoû. Là, dans le plus
« profond silence, et prêt à décocher ma
« flèche au point d'où j'entendrois partir le
« moindre bruit, j'épiois avec impatience
« l'arrivée de quelques bêtes fauves qui, at-
« tirées par la soif, viendroient se désalté-
« rer dans les eaux limpides du fleuve.

« Tout-à-coup, un bruit semblable à celui
« d'un éléphant qui rempliroit en hâte sa
« trompe énorme, vient frapper mon oreille.

« Ma flèche part; mais, hélas! quel cri plain-
« tif s'élève aussitôt de l'endroit où je croyois
« avoir atteint ma proie! — « Ah! je suis
« mort!…De quelle main impie est parti le
« trait cruel qui vient de blesser au cœur un
« hermite innocent? Quel être assez bar-
« bare a pu percer d'une flèche mortelle un
« habitant paisible des forêts, au moment
« même où, dans le plus profond recueille-
« ment, il puisoit au fleuve sacré une eau
« pure, destinée au plus saint des sacrifices?
« Hélas! ce n'est pas sur la perte de mes
« propres jours que je pleure, c'est sur un
« père, une mère, tous deux privés de la lu-
« mière, et courbés sous le faix des ans. Ce
« couple respectable, nourri par moi depuis
« si long-temps, quel être compatissant aura
« soin désormais de leur frêle existence?…
« Ame sans pitié, d'un seul coup tu as im-
« molé trois victimes à-la-fois. »

« A ces accents douloureux, qui reten-
« tirent sur mon cœur, je jette aussitôt loin
« de moi mon arme meurtrière, et je vole
« vers le lieu d'où étoit partie cette plainte

« touchante. Là, j'aperçois un jeune Yogui
« tombé sur le bord du fleuve, et atteint à
« la poitrine d'un coup mortel. Rassemblant,
« à mon aspect, le peu qu'il lui restoit de
« forces, il me dit ces mots d'une voix mou-
« rante :

« Que t'ai-je fait, ô Kchatriya (8), moi
« paisible habitant de la forêt, moi puisant
« ici dans le fleuve solitaire une onde pure
« pour mon seigneur? que t'ai-je fait pour
« que tu m'aies donné la mort?... Et ces
« deux vieillards tristement délaissés dans
« cette vaste solitude et soupirant après mon
« retour, que t'ont-ils fait, homme cruel,
« pour leur faire partager mon sort?...

« Ce sentier, ô fils de Raghou (9), con-
« duit à l'hermitage de mon père. Va l'ins-
« truire à l'instant de cet événement funeste,
« et implore humblement sa clémence, si tu
« ne veux que, par une imprécation terrible,
« il ne te réduise en cendres, comme la flamme
« dévore en un instant un arbre desséché.
« Mais retire auparavant de mon sein cette
« flèche brûlante qui, semblable à la foudre,

« a détruit tout-à-coup les éléments de ma
« vie. Va, calme ta frayeur, tu n'es pas un
« brahmicide : mon père est en effet un
« Brâhmane illustre, mais ma mère n'est que
« de la caste des Soûdras. »

« Telles furent les dernières paroles de
« cette innocente victime. Aussitôt, en con-
« jurant le Ciel de prolonger ses jours, je re-
« tirai avec effort de son sein palpitant le
« fer qui y étoit plongé ; mais au même ins-
« tant ses yeux se fermèrent, et il rendit le
« dernier soupir.... Non, la mort n'est pas
« plus terrible que l'angoisse déchirante que
« j'éprouvai dans ce moment funeste.

« Cependant, après avoir pris le vase rem-
« pli de l'eau du fleuve, je m'avançai vers
« l'hermitage de l'infortuné Brâhmane. Je
« n'en étois plus qu'à quelques pas lorsque,
« tout troublé par l'idée du crime que je ve-
« nois de commettre, je m'arrêtai en con-
« templant avec un douloureux attendrisse-
« ment ces deux vénérables vieillards, sem-
« blables, dans leur abattement, à un couple
« d'oiseaux auxquels on auroit brisé les ailes.

« Ils paroissoient désolés de la longue ab-
« sence de leur fils, de leur fils dont je ve-
« nois de les priver à jamais.

 « Trompé par le bruit de mes pas : — « O
« mon enfant, s'écria le vieillard, que tu as
« tardé à revenir!... Donne-nous prompte-
« ment l'eau que tu as été puiser au fleuve
« sacré. Devois-tu donc ainsi, ô Yadjnadatta,
« t'amuser dans un coupable oubli sur le ri-
« vage? Quel mal ton absence a occasioné
« à ta mère! Oh! si ta mère ou moi nous t'a-
« vons jamais donné quelque léger sujet de
« mécontentement, pardonne-nous-le, cher
« enfant, et ne nous livre plus désormais à
« une pareille inquiétude. Foible et incapable
« d'agir, c'est toi seul qui es ma force ; privé
« de la lumière, je ne puis voir que par tes
« yeux; sur toi repose ma vie tout entière!...
« Mais pourquoi, ô mon fils, ne m'adresses-
« tu pas la parole? »

 « Je ne suis pas ton fils, vénérable Brâh-
« mane, lui répondis-je en balbutiant, et
« d'un son de voix altéré par mes sanglots.
« Je suis Dasaratha, de la caste des kchat-

« riyas, venu devant toi pour te demander
« pardon d'un crime terrible, mais involon-
« taire. — La main armée d'un arc redoutable,
« j'étois en embuscade sur les bords du Sa-
« rayoû, pour surprendre quelques bêtes fau-
« ves et les percer de mes traits, lorsque,
« trompé par le bruit d'un vase que l'on rem-
« plissoit, j'atteignis d'une flèche mortelle
« ton fils, croyant la diriger contre un élé-
« phant qui se désaltéroit dans le fleuve.
« Aux cris plaintifs que poussa ma déplora-
« ble victime, je reconnus ma trop funeste
« erreur. Je vole, je cherche à retenir sa vie ;
« mais, hélas ! à l'instant même où je retirai
« le fer de sa profonde blessure, son ame in-
« nocente s'exhala vers les cieux. Cependant,
« ô sage Brâhmane, ce meurtre étant invo-
« lontaire, ne fais pas éclater le feu de ta co-
« lère contre un malheureux qui se sent lui-
« même anéanti.

« Attérés par ce récit, les deux vieillards
« restèrent long-temps privés de connois-
« sance, et lorsqu'ils eurent repris l'usage de
« leurs sens, le vertueux solitaire m'adressa

« les paroles suivantes, que j'écoutai dans le
« plus saint recueillement:

   « Si, ayant commis une action criminelle
« avec une intention perfide, tu cherches à
« la pallier par un vil mensonge, que l'im-
« précation que je lance contre toi anéan-
« tisse à l'instant même ta puissance; que
« sept fois elle pèse sur ta tête coupable! Mais
« si c'est involontairement que tu as donné
« la mort à mon fils, vis, et que l'illustre
« famille de Raghou soit à jamais à l'abri de
« toute crainte!

   « Conduis-moi à l'endroit fatal où, percé
« de tes traits, mon enfant est étendu sans
« vie sur la terre. Je desire toucher encore
« une fois de mes mains tremblantes le corps
« glacé de mon fils, si toutefois je ne suc-
« combe auparavant à l'excès de ma dou-
« leur. Que ma compagne et moi nous ar-
« rosions de nos larmes le front de cet en-
« fant qui, si jeune, a déja payé son tribut
« au terrible Dieu de la mort! »

   « Prenant alors par la main ces deux vieil-
« lards inconsolables, je les conduisis à l'en-

« droit où reposoit le corps inanimé de leur
« fils. Long-temps ils caressèrent cette froide
« dépouille : puis, poussant un profond sou-
« pir, ils tombèrent sur la terre à ses côtés.

« O Yadjnadatta, lui dit alors sa mère, en
« couvrant des baisers les plus tendres ses
« lèvres glacées par la mort, ô mon enfant!
» toi, qui m'aimes plus que ta propre vie,
« pourquoi donc, au moment de te séparer
« de moi pour un si long voyage, ne m'a-
« dresses-tu pas une seule parole consolante?
« Encore un baiser, ô mon fils! un seul bai-
« ser, et je me résigne à cette séparation
« cruelle (10). — O mon cher fils! s'écrie à
« son tour le vénérable brâhmane, comme
« s'il eût adressé la parole à un être vivant,
« c'est moi, c'est ton père; et cette femme
« c'est ta mère : ne nous reconnois-tu donc
« plus...? Lève-toi, lève-toi, viens jouir de
« nos embrassements. — Le soir, quand je
« serai plongé dans une pieuse méditation,
« quelle douce voix, ô mon fils! fera reten-
« tir mélodieusement à mon oreille le chant
« sacré des saintes écritures? Au lever de

« l'aurore, après avoir fait mes ablutions et
« jeté l'huile consacrée au milieu de la
« flamme dévorante, quelle main douce et
« officieuse caressera mollement mes pieds
« pour leur rendre leur souplesse? Qui ira
« désormais chercher dans la forêt des raci-
« nes et des fruits sauvages pour deux pau-
« vres vieillards tourmentés du besoin de la
« faim? Et cette chaste compagne de ma vie,
« ta mère, privée, comme moi, du don cé-
« leste de la vue, comment pourrai-je la se-
« courir....? Mais pourquoi m'inquiéter de
« l'avenir, lorsque je sens, ô mon fils, que
« nous allons te rejoindre? Oui, succom-
« bant tous deux à la douleur qui nous dé-
« vore, demain, ô trop cher enfant, nous
« serons avec toi. — Partage, en attendant,
« innocente victime, le sort fortuné des hé-
« ros qui, tombés glorieusement dans le
« combat, n'étoient point destinés à revoir
« leurs foyers. Ces régions sublimes, éternel
« héritage des pénitents les plus illustres,
« des *Mounis* les plus versés dans la con-
« noissance des Védas, habite-les à jamais!

« Va briller à côté de ces mortels généreux
« qui, durant leur vie glorieuse, n'ont cessé
« de distribuer aux brâhmanes des terres
« fertiles, des vaches fécondes, de l'or et du
« riz en abondance ! Oui, tel est, ô Yad-
« jnadatta ! l'asile fortuné qui t'attend : mais
« qu'il en soit à jamais exclus l'être cruel
« qui t'a donné la mort ! »

« Après avoir ainsi soulagé leur cœur, ces
« deux tendres parents s'apprêtoient à ré-
« pandre une eau pure sur le corps de leur
« fils, lorsque, revêtu d'une forme divine,
« et planant sur nos têtes dans un char de
« fleurs, son fantôme, tout resplendissant
« de lumière, leur adressa ces mots conso-
« lants d'un son de voix céleste :

« Cessez de vous affliger sur mon sort,
« respectables auteurs de mes jours : une
« habitation sainte et sublime est à jamais
« mon partage ; et bientôt, vous réunissant
« à moi, nous y jouirons ensemble d'un bon-
« heur inaltérable. Le grand Dasaratha est
« innocent. Le Destin seul a disposé de mes
« jours. »

« Ces mots achevés, il s'élança dans l'es-
« pace éthéré en sillonnant les cieux d'un
« long trait de lumière. Les deux vieillards
« rendirent alors les devoirs funèbres à leur
« fils, puis, se tournant vers moi, le brâh-
« mane me dit : — « Dasaratha, quoique je
« sois à présent convaincu que le meurtre
« que tu as commis a été involontaire, ce-
« pendant, comme la perte de mon fils va
« me causer la mort, je te condamne à périr
« de même, un jour, par un chagrin violent
« que tu éprouveras au sujet de ton fils. »

« Ainsi, chargé de l'imprécation du brâh-
« mane, je retournai tristement à Ayodhyâ,
« et bientôt après j'eus à pleurer la mort de
« ces deux infortunés solitaires, qui ne pu-
« rent survivre à leur malheur.

« Je sens, ô Kaousalyâ, que le moment
« est arrivé où cette imprécation doit s'ac-
« complir. La sombre mélancolie à laquelle
« je suis en proie depuis le funeste exil de
« Râma a sapé et détruit les fondements de
« mon existence, comme un fleuve débordé
« renverse, dans sa course rapide, les grands

« arbres qui ont crû sur ses bords. Encore
« un instant, et le dernier souffle qui m'a-
« nime va s'échápper de mon sein. Déja mes
« yeux ne voient plus qu'à peine; ma mé-
« moire s'efface, et les envoyés du terri-
« ble Vaivaswata (11) m'obsèdent de toutes
« parts. — Oh! si Râma pouvoit me toucher
« de sa main caressante, si j'entendois sa
« douce voix, je pense que je renaîtrois à la
« vie, comme si j'avois goûté l'eau de l'im-
« mortalité. Que je le voie, que je jouisse
« d'un de ses regards, et je mourrai satis-
« fait! Mais si, privé de sa vue, il faut que
« je renonce à la lumière, ô Kaousalyâ, est-
« il une douleur qui puisse être comparée à
« celle-là...? Hélas! ils pourront tous à l'envi
« se repaître de ses charmes, lorsque, sem-
« blable à Indra (12), il rentrera de nou-
« veau, à la fin de son exil, dans la trop
« heureuse Ayodhyâ : ils participeront à la
« nature des Dieux les êtres favorisés sur
« lesquels s'arrêteront ses beaux yeux, plus
« gracieux et plus doux que la fleur écla-
« tante du Lotus azuré! Mille fois plus heu-

« reux que moi, ils jouiront paisiblement
« d'un bien dont la privation me fait mou-
« rir...! »

Ainsi, rempli de l'idée de Râma, le grand
roi Dasaratha parvint insensiblement au
terme de la vie. Telle la lune au lever de
l'aurore perd peu-à-peu sa lumière argen-
tée (13). « O Râma! ô mon fils! » Telles furent ses dernières paroles, et son ame s'exhala dans les cieux.

॥ অযুেষ্টেৱশামৱেক্সৱি ॥

FIN.

NOTES.

---

(1) Il faut remarquer que Sîtâ, tombée d'une manière tout-à-fait merveilleuse entre les mains du roi Djanaka, qui l'a adoptée pour sa fille, est elle-même une incarnation de la déesse Lakchmî, épouse de Vichnou dans le ciel, ainsi qu'on le reconnoît par la suite du poëme, où son histoire est racontée.

(2) Le lecteur aura déja, sans doute, rapproché ce défi de celui que Pénélope propose aux princes rivaux dans l'Odyssée, et aura été frappé de ce trait de ressemblance entre les mœurs de ces deux anciens peuples, les Indiens et les Grecs.

(3) Lakchmî, la déesse de la fortune et de la beauté, a de commun avec la Vénus des Grecs d'être née, comme elle, du sein de la mer.

(4) Râhou est le nom d'un Asoura, ou mauvais génie, qui, dans le temps où les Souras (bons génies) se passoient l'un à l'autre la coupe

remplie de l'ambrosie qu'ils venoient de produire, s'introduisit furtivement parmi eux pour y puiser également le don de l'immortalité. Déja l'impie avoit porté à ses lèvres la coupe divine, lorsque le Soleil, s'apercevant de son dessein, découvrit le traître à Vichnou, qui, d'un coup de son disque étincelant, lui trancha aussitôt la tête. Cette tête jaillit jusqu'à la voûte céleste; et, comme l'ambrosie avoit déja touché son palais, elle y demeure immortelle, nourrissant contre le Soleil un ressentiment qu'elle cherche en vain à assouvir, en se jetant par intervalles sur ce bel astre, dans l'intention de le dévorer.

Telle est, selon la mythologie indienne, l'origine des éclipses. Cette fable, éminemment astronomique, fait partie d'un épisode du *Mahábhárata*, sur la production de l'*amrit*, ou ambrosie, inséré par le savant Wilkins à la suite de sa traduction du *Bhagavat-gítá*, autre morceau du plus grand intérêt extrait du même poëme.

Cette fiction me paroît singulièrement remarquable en ce qu'elle nous reporte à cette source antique où les hommes ont puisé leurs premières idées du Zodiaque. Quant à moi, il me paroît hors de doute que le Râhou des Indiens, le Dragon des Chinois, cette dénomination (la tête et

la queue du Dragon) donnée aux *nœuds* dans
notre sphère, ont une origine commune, et peut-
être doit-on la chercher chez les Indiens, ce peuple si anciennement civilisé, et au génie duquel
nous devons l'invention des chiffres : invention
admirable, attribuée généralement, mais à tort,
aux Arabes, qui n'ont fait que nous la trans-
mettre.

(5) C'est le *mangifera indica*. Cet arbre n'est
pas seulement précieux aux yeux des Indiens
par l'excellence de ses fruits ; la croyance où ils
sont que le suc brûlant de ses fleurs sert à l'A-
mour pour y tremper ses traits, attire bien plus
encore leur vénération pour ce bel arbre, dont,
par cette raison, il est souvent fait mention dans
leurs poésies.

(6) Le *butea frondosa* de Kœnig. Ses fleurs,
fort belles, sont papilionacées ; et son fruit, qui
n'est d'aucun usage dans l'économie domestique,
comparé sur-tout à celui du manguier, peut bien
faire donner à cet arbre l'épithète de *stérile*. On
trouve dans le troisième volume des *Asiatic Re-
searches* une excellente description des deux espè-
ces de butea, tant arborescent que grimpant. Le

lecteur peut voir aussi l'intéressant mémoire de sir W. Jones sur la botanique de l'Inde, inséré dans le quatrième volume de la même collection académique, et dans lequel cet aimable et savant orientaliste s'est plu à répandre toutes les fleurs de sa brillante imagination.

(7) C'est de ce nom qu'à la forme patronimique dérive celui de Kaousalyâ.

(8) On sait que, de temps immémorial, la nation indienne est divisée en quatre castes principales: la première se compose des *brâhmanes* et de toutes les personnes attachées au culte; la seconde, des *kchatriyas*, c'est-à-dire de la noblesse et du militaire; la troisième, sous la dénomination de *véichyas*, renferme tout ce qui est marchand et cultivateur; et la quatrième, sous celle de *soûdras*, comprend les artisans et les domestiques.

(9) Nom d'un des ancêtres les plus célèbres de Dasaratha. Kâlidâsa a composé un poëme sur cette illustre famille, intitulé : *Raghou-Vansa*. Il existe à la bibliothèque du Roi.

(10) Il y a peu de peuples au monde où l'a-

,mour filial et paternel soit porté aussi loin que chez les Indiens. Leurs poëmes sont remplis de descriptions où ce sentiment si naturel se montre sous les couleurs les plus aimables. Est-il rien de plus touchant que cette formule enseignée par les Védas : paroles attendrissantes que prononce un père sur son fils nouveau-né :

« Oui, tu es le produit de tout mon être, tu « es né de mon cœur, tu es mon ame même sous « le nom d'enfant : puisses-tu vivre cent ans! »

Qu'il me soit permis d'en donner ici le texte :

Angâd angât sam-bhavasi hridayâd abhi djâyasé
Âtmâ véi poutra-nâmâsi sam-djîva saradah satam.

C'est ce charmant distique que Sakontala rappelle au cruel Douchmanta lorsqu'il refuse de reconnoître son fils. Il fait partie d'un épisode du Mahâbhârata, qui contient l'histoire de ces deux époux célèbres, et que M. Wilkins a donné dans l'*Oriental Repertory* de Dalrymple. Ce morceau, d'une très haute antiquité, a fourni à Kâlidâsa le sujet de son admirable drame de *Sakontala*, le chef-d'œuvre du théâtre indien.

(11) Surnom de *Yama*. Le rôle de cette divinité dans la mythologie indienne est absolument le même que celui de Minos, comme juge des

ames dans la mythologie grecque. Nous en avons une preuve évidente dans le passage suivant, tiré du neuvième livre des lois de Manou, et qui fait partie du portrait d'un grand roi, d'après lequel ce premier législateur des Indiens nous le représente comme devant réunir en sa personne les qualités propres à différentes divinités, telles que, Indra, Soûrya, Pavana, Yama, etc.

« De même que Yama, au temps prescrit, « ayant dépouillé tout sentiment de haine et « d'amour, traite chacun selon ses œuvres, de « même un roi, revêtant le caractère de Yama, « doit juger ses sujets. »

Sir W. Jones nous paroît s'être écarté du sens en traduisant ainsi le même distique :

« As Yama at the appointed time, punishes « friends and foes, *or those who revere and* « *those who contemn him*, thus let the king, res- « sembling the judge of departed spirits, punish « offending subjects. »

(12) Cette divinité, que l'on a comparée avec assez de raison au Jupiter des Grecs, règne sur les nuages, les vents et le tonnerre.

(13) Je ne sais si je me trompe, mais il me sem-

ble qu'il est impossible de trouver rien de plus parfait et en même temps de plus poétique que cette belle comparaison pour peindre une mort douce et sans souffrances. J'avouerai même que c'est le plaisir qu'elle m'a causé qui m'a inspiré l'idée de relire avec attention cet épisode, et d'en faire la traduction.

FIN DES NOTES.